AF373455

TITOLO	Il signor Crisetti
SOTTOTITOLO	*e il disincanto della crisi italiana*
AUTORE	Giovanni Scafaro
Genere	Racconto
ISBN	978-88-92632-62-2

| Prodotto da | Atelier Indie |
| pubblicato e distribuito da | Gruppo Borè Youcanprint, settembre 2016 |

©Atelier Indie è il laboratorio indipendente di scrittura e comunicazione
creativa di Giovanni Scafaro, produttore, autore e responsabile della
pubblicazione.

SitoWeb	https://www.giovanniscafaro.it
eMail	scrivi@giovanniscafaro.it
Facebook	htpps://www.facebook.com/giovanni.scafaro
YouTube	Https://www.youtube.com canale Giovanni Scafaro

Youcanprint Self-Publishing
Via Roma, 73 - 73039 Tricase (LE) - Italy
www.youcanprint.it
info@youcanprint.it
Facebook: facebook.com/youcanprint.it
Twitter: twitter.com/youcanprint.it

Giovanni Scafaro

Il signor Crisetti

e il disincanto della crisi italiana

Atelier Indie
Gruppo Borè Youcanprint

Ai giovani e meno giovani
costretti alla sofferenza
in nome della crisi

Quella della vigilia di Natale doveva essere una serata speciale e invece il signor Crisetti la trascorse con un tremendo mal di testa. Nell'azienda dove lavorava negli ultimi tempi le cose stavano peggiorando di giorno in giorno.

Fuori la stanza della camera da letto sentiva la voce di sua moglie che si rivolgeva alla figlia "Prendimi la pallina, quella di vetro a forma di casetta" mentre lui lentamente continuava a infilarsi il pigiama per andare a letto. Proprio non ce la faceva a reggersi in piedi.

"Non dimenticare di prendere le pillole, sono sul comodino accanto al bicchiere d'acqua. Finisco di preparare l'albero e poi vengo a letto" furono le ultime parole che udì. A procuragli l'effetto sonnifero non furono le pillole, né le parole di sua moglie, fu il bagliore intermittente delle luci colorate che a tratti vedeva oltrepassare sotto il bordo della porta.

La mattina dopo, il giorno di Natale, il signor Crisetti si svegliò di soprassalto e fece cadere la cornetta del telefono posta sul comodino.

La moglie si era svegliata di buona lena per preparare il pranzo di Natale e, sentito il rumore della cornetta, accorse spaventata. Temendo per suo marito gli chiese "Sei tutto sudato, hai dimenticato di prendere le pillole e hai avuto un altro incubo!"

"Non è questo il motivo" le rispose e, guardandola negli occhi, si passò la mano sulla fronte e ancora assonnato le rispose "Sono più che certo che dall'italica azienda hanno portato via tutto!"

"Come hanno fatto? C'era tanta merce! Stoffe, computer, tavoli, sedie e ogni ben di Dio. Non è possibile che sia successo. Spero solo si tratti di un brutto sogno" gli rispose la moglie molto contrariata.

"Non ti preoccupare, so a cosa pensi. Il mio posto è importante, svolgo un lavoro che vale oro e non corro rischi" le disse cercando di rassicurarla.

Il signor Crisetti negli anni precedenti aveva visto sparire sotto i suoi occhi, un pezzo alla volta, prima le stoffe, poi i computer e infine i tavoli e le sedie, ma per quieto vivere non aveva mai detto niente. Lui aveva un lavoro importante.

Dopo quel Natale le cose nell'azienda peggiorarono sempre più fino a quando vide entrare in ufficio il capo che gli chiese di riunire tutti i dipendenti.

Giunto il giorno della convocazione, fece loro un italico discorso, appassionato e struggente. Quel discorso lungo e accorato sembrava quasi una proposta di encomio, ma poi una frase studiata per l'occasione tolse loro ogni sorta di euforia "…purtroppo non è rimasto più nulla. Siamo in crisi."

Da quel momento tutti sembravano impazziti, nessuno sapeva più cosa fare. La piena crisi, ormai, stava portando via ogni speranza, ma lui, Crisetti, se ne stava tranquillo al suo posto. Poi giunse il verdetto: l'azienda aveva dichiarato il suo fallimento.

Per porre fine alla complicata e ingarbugliata questione fu chiamato il più in gamba dei curatori fallimentari che esistesse. Si diceva che avesse la testa quadrata come quella del banchiere Draghi, e solo lui avrebbe potuto risolvere l'intricata e problematica matassa.

"Vedrete" disse loro il capo "al massimo entro il prossimo Natale sarà tutto risolto."

Quell'uomo dall'aspetto rassicurante come quello di un vecchio saggio, astuto e intelligente come Draghi, si mise subito all'opera per dare inizio alla conta delle perdite, fino a quando riuscì a quantificare il debito. Centomila miliardi di euro. E fu così che gli italici dipendenti vennero tassati e dovettero stringere la corda insieme a chi la corda l'aveva stretta di generazione in generazione.

L'assennato anziano, amico dei grandi saggi dell'italica azienda, portatori di interessi poco chiari, rifece i calcoli più volte, ma purtroppo non vi erano più dubbi: centomila miliardi di euro di debiti.

Tutti si indignarono per il grande debito, compreso colui che aveva quantizzato l'ingente ammanco di soldi e di risorse, e a qualcuno dei suoi saggi, una stimata e benestante collaboratrice, vennero pure i lacrimoni agli occhi. Per recuperare il debito e aiutare il gran capo in difficoltà, quella lacrimosa donna anziana si diede un gran da fare per innalzare l'età pensionabile dei dipendenti e ritardare per sempre l'ingresso dei giovani nel mondo del lavoro. Gli altri saggi collaboratori non persero tempo per svendere gran parte del patrimonio dell'italica azienda, pur di mantenere lo status di non pochi privilegi che ognuno dei vecchi saggi si era procurato negli anni addietro. "Vedrete, per questo Natale sarà tutto finito e ritornerà il sereno nelle vostre case".

"Già" borbottò qualcuno dei dipendenti e aggiunse "nelle nostre case", ma nessuno ebbe il coraggio di continuare perché i primi dissenzienti erano già stati trasferiti con grave disagio per le famiglie.

La beffa giunse quando il signor Crisetti seppe di essere il primo a perdere il posto di lavoro "Licenzio prima lei" disse il vecchio saggio che ormai aveva assunto l'autorità simile a quella di un tiranno.

"Perché fa questo proprio a me che ho sempre lavorato con tutto il mio impegno" rispose terrorizzato e la replica non tardò a venire "Perché il suo cognome porta sfiga" gli disse quell'uomo che ormai sembrava più un tagliatore di teste che una persona pacata e giudiziosa.

Nonostante il Crisetti fosse stato ligio ai suoi doveri e non avesse mai detto niente di niente e né avesse mai approfittato di prendere qualcosa da tutto quel ben di Dio che c'era nell'italica azienda, dovette ammettere che il suo lavoro d'oro ora valeva meno del piombo.

La crisi non aveva risparmiato neanche lui che era stato un uomo fedele e riguardoso con tutti. Mesto e con la schiena curva il Crisetti se ne ritornò a casa come un vecchio catorcio senza carburante.

Molti giorni passarono e nonostante fosse stata dichiarata la crisi, numerosi suoi colleghi, pure loro licenziati, continuarono a imprecare e a lamentarsi. C'era pure chi bestemmiava con il calendario di tutti i santi tra le mani, per evitare che qualcuno sfuggisse all'irriverente giaculatoria.

La crisi si faceva sentire. Il divario tra coloro che potevano permettersi ogni cosa a suon di benefici e privilegi incrollabili era ormai sotto gli occhi di tutti, ma nessuno poteva più lamentarsi altrimenti avrebbe fatto innervosire il vecchio saggio e rischiato di perdere i privilegi. Neanche coloro che dovevano difendere i lavoratori dell'azienda facevano tante storie, altrimenti rischiavano sul serio di perdere i benefici accumulati nel tempo come quelli dei grandi manager che godevano di uno stipendio gonfio, grasso e grosso simile a quello del grande Capo dell'Azienda. E questa era considerata una grande sfiga.

Intanto il tenore di vita di tutti i vecchi saggi non era cambiato e neanche quello dei loro affiliati. Macchine nuove, viaggi, vacanze, orologi costosi, vestiti alla moda. Erano in tanti a non farsi mancare nulla, neanche quelli che andavano a lavorare nelle grandi case che esponevano i simboli di noti gruppi politici, fino a quando la moglie di Crisetti finì per perdere le staffe "Solo tu sei rimasto un poveraccio e adesso siamo costretti alla fame" gli disse furiosa con le narici che sbuffavano come quelle di un bue imbestialito.

€
100

"Devi fare qualcosa, così non ce la facciamo nemmeno a mantenere i nostri figli a scuola. Roberta è già dovuta partire per l'estero e tra poco partirà anche Salvatore" continuava a ripetergli "e sai perché? Perché qui c'è la crisi solo per la gente povera e onesta e io sono stufa e stanca di vedere tutti quei vecchi babbioni che fanno la bella vita andando in giro a raccontare che c'è la crisi. C'è qualcosa che non quadra e tu sei un rammollito!".

Fu così che il buon Crisetti - lui che si era da sempre occupato di bilancio, contabilità e finanza - preso dalla rabbia iniziò a indagare sullo stato finanziario e patrimoniale degli italici colleghi, funzionari, dirigenti, politici e alti manager.

Gli accertamenti furono così accurati che nell'elenco inserì per sbaglio anche coloro che sedevano sugli altissimi scranni dell'italico Parlamento.

Non fu facile far di conto, molti furono gli ostacoli e ci volle un po' di tempo per disbrigare il filo dell'intricata e problematica matassa, aggrovigliata con sapiente maestria da mani occulte e misteriose, ma quello che scoprì fu sconvolgente:

il patrimonio economico e finanziario di tutti quei babbioni – tenuto al sicuro nei forzieri delle banche dislocate nel mondo – risultò cento volte più grande del debito pubblico dell'italica azienda.

Oh! lo sbilanciamento dei beni è stato indotto da *azioni derivate* create *ad hoc*, per indebolire il mercato economico e finanziario e con un gesto di stizza accartocciò il grafico che aveva sottomano e lo scagliò nello specchio che aveva di fronte. Restò a fissare i suoi occhi che ragionavano da soli e pensando ad alta voce disse "Le risorse non sono mai sparite, hanno solo cambiato destinazione. Una strategia sottile, fumosa e silente messa in campo dagli occulti e *altissimi* babbioni. La crisi è servita a svendere e ricomprare a prezzi stracciati gran parte del patrimonio dell'italica azienda e credo che avranno fatto così tutti gli altri babbioni in gran parte del resto del mondo e continuando a pensare gridò ad alta voce con la fronte imperlata di sudore "...ma allora la crisi è tutta una grande balla! continuava a schernirsi il signor Crisetti, e mentre sbraitava nel letto si svegliò di soprassalto e giratosi vide sua moglie che riponeva la cornetta del telefono accanto alle pillole lasciate sul comodino la vigilia di Natale.

Distribuito dal Gruppo Borè – Youcanprint
in versione Cartaceo / eBook Pdf-Kindle-EPub-Mobi

GIOVANNI SCAFARO

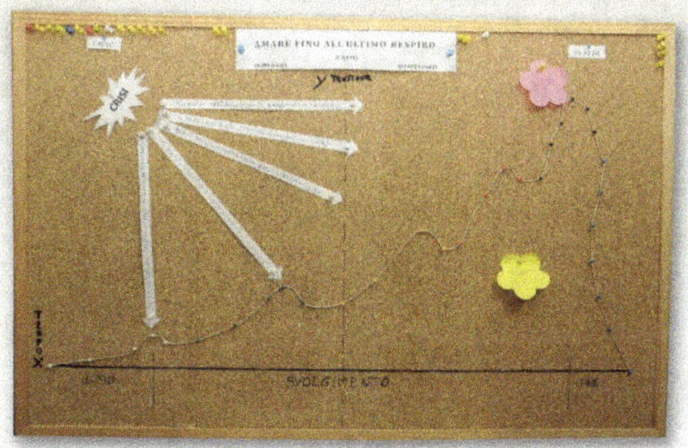

STORY DESIGNER

COME CREARE LA STRUTTURA DI UN ROMANZO
CHE FUNZIONA BENE

Per aspiranti scrittori romanzieri

Distribuito dal Gruppo Borè - Youcanprint
in versione Cartaceo / eBook Pdf-Kindle-EPub-Mobi

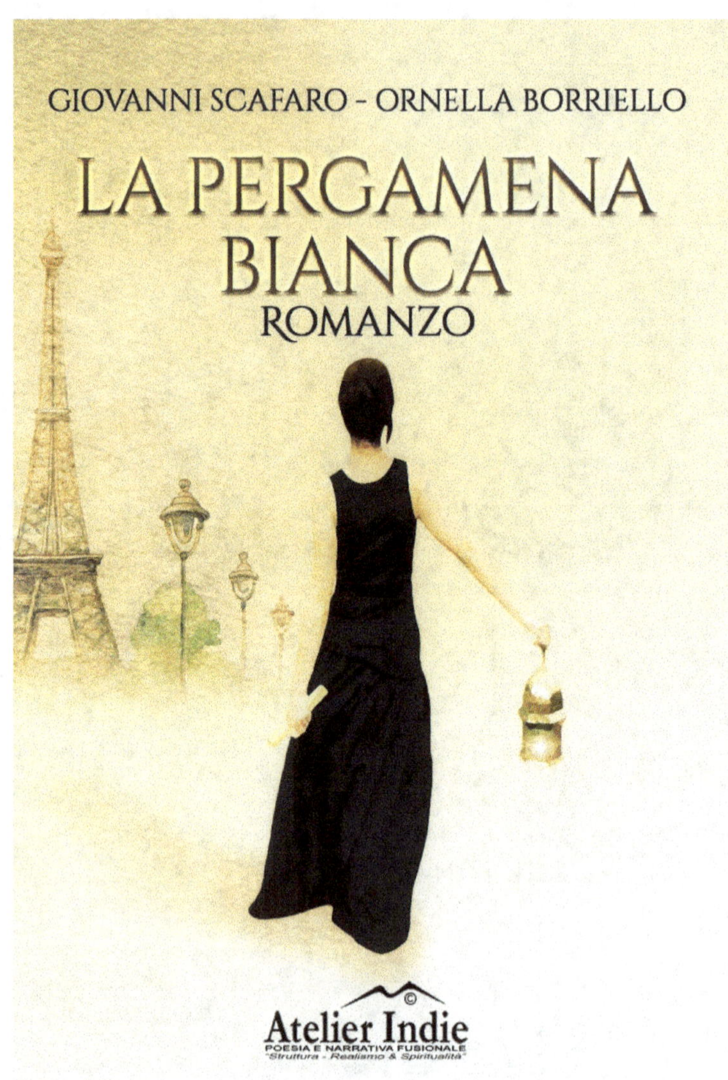

Distribuito dal Gruppo Borè - Youcanprint
in versione Cartaceo / eBook Pdf-Kindle-EPub-Mobi

GIOVANNI SCAFARO
NEL VERSO
DELLA LUCE
Rotolami nell'anima che in te realizzo le mie stanze di luce
30 POESIE PER LA VITA
Atelier Indie
POESIA E NARRATIVA FUSIONALE
"Struttura - Realismo & Spiritualità"
Distribuito dal Gruppo Borè - Youcanprint
in versione Cartaceo / eBook Pdf-Kindle-EPub-Mobi

Distribuito dal Gruppo Borè - Youcanprint
in versione Cartaceo / Audiolibro / eBook Pdf-Kindle-EPub-Mobi
tradotto in lingua inglese e francese

20

Distribuito dal Gruppo Borè - Youcanprint
in versione Cartaceo / eBook Pdf-Kindle-EPub-Mobi

Contatti

Chi desidera mettersi in contatto con l'autore può scrivere a: scrivi@giovanniscafaro.it; richiedere l'amicizia su Facebook; visitare il sito internet www.giovanniscafaro.it.

YouTube	https://www.youtube.com canale Giovanni Scafaro
GoodReads	htpps://www.goodreads.com/Giovanni_Scafaro
Twitter	https://www.twitter.com/GiovanniScafaro

Sul canale YouTube e sul sito web di Giovanni Scafaro potete trovare i video formativi di Atelier Indie dedicati alla cultura del benessere.

Grazie per aver scelto di leggere

Il signor Crisetti
e il disincanto della crisi italiana

Atelier Indie
Gruppo Borè Youcanprint

Finito di stampare nel mese di Ottobre 2016
per conto di Youcanprint *Self-Publishing*